アンダンテ、休止符連れて

山崎純治

アンダンテ、休止符連れて＊もくじ

装画　保坂優子
装幀　宮島亜紀

アンダンテ、休止符連れて

竹林

駅構内の人混みを歩くと
痛くなります
頭やお腹、
手足もきしみます
竹林竹林《チクリンチクリン》
いつも間にか生え育ち
張りつめてゆく根が
神経叢をつつきます

しゃがみこむと
生温かい風が吹き
茶色く枯れた葉が
サヤサヤ泣いて
なお悪いのです
汗が噴き出します
夕食にとキヨスクで買った
東筑軒のかしわめし弁当は
もう、いりません
ドッコイショと立ち上がれば
駅構内の人混みは薄れ
竹林
やけにはっきり見えてきます

幹の節節が揺れ
背骨の奥まで寒くなってきます
そのままの姿勢で固まり
連れて行かれるのを
じっと待つのですが
何もやって来ません
かしわめし弁当をぶら下げ
サヤサヤ泣いて
その一本に立っています

悪い山

カラスが鋭く叫ぶ
目覚めると
左太腿の付け根に
引っかき傷が深く二本
五羽六羽、
いや、十数羽ずつ
ひと塊になって

海峡へ飛んでゆき
見えない貯水池から
じわじわ立ち昇った
お山の湿気が
どっさり降りてくる
白い霧となって
山裾の民家を包み
物音ひとつ立てず
暮らしているのか
錆びた蛇口が生えた
木造の荒れた室内で
湿度計は80％を超え
首すじから

黄色い脂肪が吹き出る
お山を犯した報いか
ブッブッブッ
海峡に発生した
低気圧と呼応して
お山は標高五一八メートル
もくもく
湿気が膨張する

鈍行列車

幽かな声で話してきた
電話の友人を見舞うため
鈍行列車で
九州山地の奥へ向かう
暮れゆく単線の一両編成
帰路の乗客で座席は占められ
ざわざわ話しているが

友人の電話のように
ほとんど聞き取れない
来るな、と言われたはず
山並みや峰は輪郭しか見えない
人伝てに亡くなったと聞いて
先ほど乗り込んできたのか
立つ人までいる
香典を忘れていた
迷い込んだ蛾が灯りにへばりついて
もう何時間乗っているのだろう
終点は過ぎたはずなのに
山奥へ分け入ってゆく
明日は打ち合わせがあった

気付くと列車は止まっている
プラットホームは見えず
誰も降りようとしない
ざわめきは聞き取りにくく
増幅されてうるさい
電話で聞いた声は
これだったかもしれない
忘れずに香典袋を買おう

水の言葉

問いかけたのはいつだったか
水の言葉で
堅いパンを片手に
底を歩いていた
ときおり光が射し込むほかは
もの音ひとつ立たず
調律された指が

弾けたバネのように
沈静するいまを開いてゆく
あるはずがないことは
すでに分かっていた
何かを傷付けた
明滅しているようで
痛かったのかもしれない
堅いパンを差し出すが
柔らかく拒まれ
代わりに古い書物を与えられた
開くと文字はすでに流れ
紙魚が這い回った跡は
廃れた家へ続いている

玄関の戸は開け放され
両親や妹と囲んだ卓袱台の
四畳半の畳に座って
明るさと暗さの分かれ目あたり
問いかけながら
爪を切るほかなかった

バスに乗って

暗い海岸線を走っていた
乗客は見えない
左右に曲がったカーブから
ときおり対向車がやってくる
民家はなく
停留所はどこか分からない
やけにゆっくり走っている

運転手も見えない
海から吹きつける風が
窓ガラスを揺らす
山側の土手から
樹木の根が垂れ迫り
途切れるはずのない海岸線
いつも疑問を残しながら
カーブする
きっぱり拒否した日は
もう追いかけてこないから
窓ガラスを閉め切って
遠くに聞こえる波の音
どこへ行くのだろう

なま暖かく落ちてゆく闇に
山が崩れる予感
向こうで誰か
力の限り手を振っている
呼ばれているようだが
そのまま座って
バスはがらんと大きく揺れ
すぐに見えなくなって

爆弾キャンデー

五円玉を握りしめ
錦町十一丁目
路地の駄菓子屋へ走る
狭い土間の店頭
冷凍庫のガラス戸をすべらせ
香料色素の砂糖水を凍らせただけ
冷たい一本を握りしめ

汗をかいた五円玉を
婆さんに突き出す
今朝は三十五円の食パンを買った
乳首のような先端のゴムを齧って
昆虫網を握りしめ
八月の山に分け入り
油蟬やクマ蟬が鳴く
持続して途切れない
杣道の突き当たり
コンクリートの廃屋で
ファスナーを下げ
小さい性器を見せ合った
甘ったるい液体で

舌は赤く染まり
注射器を握りしめ
蟬に防腐液を注ぎ込む
汗ベトベトの肌シャツ
短パンとサンダル履きで
後ろに立つ子供たちは
ファスナーを上げ
もう終わったから
コンビニが立つ

廊下

日が暮れて
旅は始まらない
廊下は目の前に広がり
訳もなく恥じている
積まれた本の隙間から
貼り合わされた継ぎ目から
吐息が漏れ

母音は優しい子音は鋭い
廊下はいたるところ分岐して
根茎のようにつながるので
どうしたらいいか分からないまま
風景に溶け込むこともできず
薄く引き伸ばされた時間の向こうに
どこかで見た顔が
現れては消え
ポキポキ音を立て
次々に枯れてゆくとき
こちらを見るな、
一緒に行けなかったよ
もう済んだこと

沈黙は漲って
子音の細い芽が
ぴりぴり震え
もう立ってられない、
廊下は広がれ分岐せよ

階段

一段飛ばしで
駆け降りた
ひどいことを言った
もう、取り返しがつかない
だから
螺旋状に
落ちてゆけ

侵食する
雨が降り続き
不協和音が
巨大な三角形で
鳴っている
完璧に
階段のかたちで
薄ら寒い朝が
突っ立ち
青ざめた空の
冷たい指先が
番号札付きの
キーをぶら下げ

そうっと
伸ばして
心を
鎮めるまで

森林落下

森が落ちてゆく
すべてがそのまま
ビデオの遅回しのようにゆっくり
異様な静けさの中
木々の軋みが悲鳴のように
何層も重なって落下する
枝葉の間を

原初の魚たちが
大きなひれをゆらめかせ
時間が止まったように
腐肉を突っついている
死者への礼節を保って
貪りもせず
森に埋もれ隠れ
痛みに耐えているとき
何も書かれていない身体は
もう読まれないよう
語り始めることがないよう
落下に身を任せるのみ
遠くでホルンが鳴っている

正午を過ぎても
終わりが見えず
ただ落ちてゆく先は
ぱっくり裂けて
太古の記憶をめぐらせている

余白の魚

魚の楽譜が
開かれる
純粋音階で
哀しみや寂しさのない
沈んだ音の夜
大きなひれをゆらめかせ
口に挟んで殻を割り

巻貝の秘めやかな肉の
汽水域は静まって
低い持続音は途切れない
いきなり身を翻して
海藻は揺れ
薄い余白を開けば
森が暗く広がって
古代の旋法のように
鄙びてどこか艶めかしく
揺れている葉に分け入り
口を開いてそのままじっと
もたらされるものは何？
答えられないまま

差し出すものは知っていたはず
そのうち
魚偏の文字が漂い
余白から広がる群れは
半透明のひれをゆらめかせ
大きな休止符に戻ってゆく

王

生きた時計と死んだ時計が交互に落ちてくる
正午
亡き王第十二世
自死とも絞首刑とも聞かれる
くっきりした影が
卑猥な言葉を吐き捨てながら
生前の道のりを歩いてゆく

冒涜的に乾いた地域で
ものみな輪郭はぼやけ
砂に埋もれた年代記は
勝手に開いてパラパラめくれる
腫れた拷問器具が転がっている
臭い砂がさらさらこぼれ
居住民は影を脱ぎ
身を引き締める刻限
最期の苦痛を
金属製の水筒に詰め
構図の淫らを責めている
歯に夜を塗り
砂の目を見開いて

タンガタンガタンガ
低く高振る足踏みに
亡き王第十二世
くっきりした影が通過すると
洗濯物を吊るすように
高いところへ勝手に登ってゆき
肥沃な臀をぶって
らあらあ歌い始めた

埋葬

濡れた街が傾いて
そこだけ雨が降っているように
墓石は立ち並び
四角い公営団地は立ち並び
出入りする人は
果肉を何か含み
寂しく嚙みしめる

朝のニュースでは
むかしの地勢図が紹介され
記録映像として
古い形式の電車
傘を差した人に
霧雨が柔らかく降りそぼり
濃緑色の錆が
じわり侵食してゆくと
墓石のそばに投げ出され
遺跡を示す
地図上の黒点三つ
埋葬には土器が用いられた
乾いた果肉が

頭部の右側に置かれ
死者たちの内臓は
別の土器に納められ
自然乾燥する頃
隠れていたもう一つの街が
見えてくる

禁制

祝祭が終わったのか
砂埃立つ向こう
老若男女の舞い手が
両手をかざしながら
唄い通り過ぎてゆく
天気雨がザッと降り
殴り書きした一本の線が

やけに騒がしくなってきた
ハサミも突き出し
金属片が芽吹いている
チクチク刺して
産業廃棄物の山に
カラスの群れが旋回している
大型トラックで運び込まれ
立ち割られた切断面は
腐敗もできず吹き寄せられ
場末の川に
ひっそり立ち上がって
沈殿物を引きずりながら
助けてと聞いた気もする

振り返ろうともせず
水脈のどこかで
禁制を犯したゆえ
潮の流れを
堅く締め
正午を待って
狭い海峡に流される

予報

部屋に潜んで
何かが吼える
こんな日は風が強く
救急車のサイレンが聞こえます。
外から遮断された部屋では
先祖マンゾ遊びの最中で
北欧の貨物船が

通過する定刻
何本も生えた手が
そこらの小石を拾い
てんでに投げつけ合って
うるさいと怒鳴れば
ウハウハ笑う
気象予報士は
水分補給を小まめにと注意を促すが
部屋が浸水しないとも言い切れない
すかすか開いてゆく予感
昼は素うどんに決まった
白葱が刻まれ
いりこ出汁が取られ

素うどん啜ってウハウハ
対岸の造船所に
赤い大クレーンが屹立し
午後になったら
等圧線のいい加減な幅に
縮んでしまう海峡でしょう。

納豆るるる

るるるン、
固くなって
少し震えている
3パック包装のまま
正座して
オレの朝食どーしてくれるんだ、
味噌汁だけじゃー二杯も食えんぞ

怒鳴り散らされ
納豆菌はおろか
香る鰹節タレまで
るる、
賞味期限を遡り
組み替えられた遺伝子が
るるるッ、
逃げてる
北海道産へ
冷蔵庫の扉の向こうへ
糸引いて
るるる、
だから外国人に嫌われるんだ！

詰め寄られても
じっと
耐えるしかない
パックから一粒残らず掻き出され
ネバネバ
50回以上
高速回転掻き回されて
るるン、

たどり着けない

布団から
むっくり起き上がり
トイレに行くはずが
真反対の
押し入れに向かい
今から
戸畑駅に行かなければ

なぜか出られない
これがあるから
やにわに
引き出しを開けるとこぼれ出す
一段目から
ボールペンや定規、ホチキス
二段目から
壊れたネジや錆びた硬貨
それでも足りず
三段目を引くと
からっぽのまま
辺境の砂漠へつながり
遊牧民は

遠い目で振り返る
たどり着けない
そちらじゃないヨ
声を掛けられ
思い出したように
トイレに行くはずが
ふらふら
戸畑駅へ向かう

血腫

唇の右端が
痺れた
室内で
アジアンタムの葉が
枯れている
揺れている
五日間

水をやり忘れた
喋ると
メチャクチャになりそうで
うーんとか、
あぁとか、
何か変
細かい葉に
びっしり
絡め取られ
側頭葉を圧迫して
血液が滲み
静かに溜まってゆく
葉裏の

胞子嚢から
菌糸が伸び
いずれは
固有名を
忘れるだろう
普通名詞もそのまま
垂直に
ピン止めされて

隣の部屋

大きな音が二回した
帰らなければならない
電源は切断した
水道管はつぶした
引き出しは開けるな
ささくれ立って
椿の花が落下

ぽっとり真っ赤
身振りを制約され
踏み出すこともできない
隣の部屋はせり出し
老夫婦はとても大きな音で
よく喧嘩した
目玉が据わっちょる
チューと吸いよるわ
溢れ出す椿の
セピア色の写真の奥から
そんなもん、おらん
きっぱり言い切った
干乾びた腕が

溲瓶を摑んで
ブンブン振り回し
私たちはとても大きな音で
よく喧嘩する
潮流が喉まで来ているのに
払いのけられず
隣の部屋で
正午のＮＨＫニュースが始まった
そう言った
帰らなければならない

アンタも落ちな（さんなよ）

風呂場で
物干し棒がいきなり落下
衝撃音に驚き
元の位置に戻そうと
風呂板へ乗る女に
声を掛けたら
衝撃音もなく落下

見えなくなった
隣の奥さんが首を伸ばし
憐憫の目
鼻先で笑っているようにも見える
ベランダの
ゴーヤーを這わせる
ネットにでも引っ掛かったのか
台所から
じきに野菜を刻む音が
コトコト聞こえてくる
少し機械的過ぎないか
まあ、構わない
何とか戻ってきたらしい

どこか骨折しているかも
コトコトコト
背を向けたまま
いつまでも刻むのは
何の意思表示か
ついには
ゴトゴトゴト
野菜がなくなったらしいが
刻み続けている

すくう

手のひらを澄ませ
ときおりのぞきこんで
揺らぎの向こうに
歩いてくるものを待っている
薄緑の深さが透き通り
息を洗いながら
かつて起きたことに

ひとすじの言葉もつながらず
窪みに溜まった声は
呼びかけることもない
ほんと言うこと聞かん子やった
すぐに裸足で駆け出し
帰ってこんやった
むき出しの赤土に
うっすら水が張って
光がわずかに反射している
その光を逃さないよう
こわごわ歩いてきた
そろそろ帰ってこんか
水量がゆっくり増してゆき

遠くに街の影が見えてくると
テープの回転が遅くなって
音が低く揺らぎはじめ
ぼやけた声が
次の行き先を告げる
いまはどこを歩いているのか
手のひらに水をすくっているか

寝息

嗚咽しながら
突然目覚めた深夜
問いかけたよね
いつまで膝まづくのか
眠たい裸の腕を差しのべて
揺すろうとする肩が見えない
もうどこかへ行ってしまったのか

いまはたった一人
広い草原に膝まづき
頭を垂れ悔いているとでも
なぜ連れて行かなかった
まだ温かい毛布の隙間には
体臭が残り
草原はいつまで経っても暗い
何を悔いることがあろう
つましい単調な日常のどこに
負うほどの咎があったか
寂しい
もうすぐ草原に押し寄せてくる
そうとは知らず

寒く小さくふるえながら
一心に悔いている
いつ戻って来る？
夜が白むころ
振り向くと
隣で再び
寝息を小さく立てている
だろうか

アンダンテ

柔らかい緑の森は
とある昼下がり
羊のように目を閉じた
枝葉はゆらいで
青い透明な音楽を
絡み合わせ
バッハのフーガのように

解き放っていた

ずっと昔から
深いところで
堆積されてきた記憶が
さまざまな音符となり
呼吸している

森はこうやって
与えられたものを
返してきた

そのとき

人は話すことを止め
黙って考えた
今までに起こったこと
これから起こること

いつしか
地球も大きく息づき
ゆっくり
揺られていた

あとがき

「アンダンテ」は音楽の速度指示で「ゆっくり」を意味し、イタリア語の「歩く（アンダーレ）」に由来すると聞く。ここ数年の生活が、ようやくそんな感じになってきた。三十年勤めた会社を早期退職し、相模原から故郷の門司に戻って六年経とうとしているが、以前と比べ睡眠と音楽を聴く時間が増え、ストレスと酒量は減った。

音楽を聴きながらぼんやり、ノートを開いて万年筆を動かし何か書いていると、言葉が動き始めることはある。全く別の位相から降りてくることも、稀にある。音楽を流しながら書いてきたから、詩もリズムを持っていれば嬉しいが、そんなにうまくはいかないかも……。

休止符は単なる「休み」ではなく、リズムの「溜め」でもある。次に打って出るための空白。空白であっても意味が込められているので、溜め一つによって音楽が生きたり、平板になったりする。生活のリズムも似たようなものだ。ここ数年は、手術入院などという小さい休止符はあったものの、打って出ることもそうはなく、日常を平穏に繰り返している。その中で、何とか詩も書いてきた。いつかは終止符が必ずやってくる。その時までは休止符を連れ、細々とでも詩を書き続けていきたい。

■著者プロフィール
山崎 純治（やまさき・じゅんじ）
第一詩集『夜明けに人は小さくなる』（一九九七年　ふらんす堂）
第二詩集『完璧な通勤』（二〇〇七年　ミッドナイト・プレス）
第三詩集『通勤どんぢゃら』（二〇一一年　思潮社）
第四詩集『異本にまた曰く』（二〇一四年　書肆侃侃房）
〒800-0033　北九州市門司区大里桃山町 1-5-404

アンダンテ、休止符連れて
二〇一八年十月十七日　第一刷発行
著　者　山崎純治
発行者　田島安江
発行所　株式会社 書肆侃侃房（しょしかんかんぼう）
〒810-0041
福岡市中央区大名 2-8-18-501
TEL 092-735-2802　FAX 092-735-2792
http://www.kankanbou.com
info@kankanbou.com
DTP　園田直樹（書肆侃侃房）
印刷・製本　株式会社西日本新聞印刷

ISBN978-4-86385-334-8 C0092